LA GARDE NATIONALE

DE PARIS,

JUGÉE PAR

son Colonel-Général.

PARIS,

Chez tous les Marchands de Nouveautés.

1827.

IMPRIMERIE DE A. CONIAM,
FAUBOURG MONTMARTRE, N° 4.

La Garde Nationale de Paris est licenciée ; cette belle milice de Citoyens, que les étrangers avaient respectée en 1814, vient de tomber sous les coups d'un ministère vandale. Une journée, qui avait été une fête pour le peuple de la capitale et pour le prince , est devenue le *Waterloo de la Garde Nationale*, suivant l'energique expression d'un écrivain patriote. A cette nouvelle, la surprise et l'indignation ont été unanimes dans tous les rangs de la milice parisienne et parmi tous les habitans de cette grande cité. Le temps n'a fait qu'ajouter un nouveau degré de force à ces deux sentimens. Chacun des trois cent mille témoins de la revue, se demande, sans pouvoir les trouver, les causes d'une telle humiliation; chacun cherche à concevoir dans quel dessein des ministres ont fait un pareil outrage à la Garde Nationale et changé en un mécontentement universel les témoignages d'allégresse qui avaient éclaté en la présence du prince. La France entière partage à cet égard les sentimens et les inquiétudes de Paris, et demande aux dépositaires du pouvoir royal un compte sévère du coupable usage qu'ils viennent d'en faire.

Au milieu de toutes ces justes plaintes, il nous est venu à la pensée que, sous le règne de Louis XVIII, Charles X était le Colonel-général de toutes les Gardes Nationales du royaume; nous nous sommes rappelés combien ce prince aimait à se trouver au milieu de la force armée parisienne; nous avons recherché tous les témoignages d'estime, de bienveillance, d'attachement même que le frère de Louis XVIII se plaisait à prodiguer au corps d'élite sous la sauvegarde duquel la paix de la cité, les propriétés publiques, la sécurité du trône étaient placées; et nous avons résolu de réunir en un recueil les preuves éclatantes et tant de fois répétées des sentimens de Charles X, qui nous a montré, en montant sur le trône, que le roi avait hérité des pensées du Comte d'Artois. Quelles armes les ennemis de la liberté, ceux qui veulent rompre l'harmonie entre la couronne et la nation, pourront-ils opposer à ces brevets d'honneur, de gloire et de fidélité, délivrés par une bouche auguste à la Garde Nationale de Paris?

La Garde Nationale de Paris,

JUGÉE

par son Colonel-Général (a).

ENTRÉE

DE S. A. R. MONSIEUR DANS PARIS.

(12 avril 1814).

S. A. R., à son entrée dans la capitale, était à cheval, revêtue de l'uniforme de la Garde Nationale, et escortée de détachemens à pied et à cheval de cette garde. S. A. R. a donné pendant toute la marche, des signes de la plus vive sensibilité; elle tenait élevé son chapeau, surmonté d'un panache blanc, et répondait aux cris de *vive le Roi!* par ceux de *vivent les Français! vive la Garde Nationale!*

S. A. R., avant d'entrer dans ses appartemens, a parcouru tous les rangs de la Garde Nationale, dont la cour du palais était remplie. Elle s'est entretenue avec le plus grand nombre, leur a pris la main avec affabilité, et a fait entendre partout des paroles touchantes.

La veille, le Prince était à Ligny. A quatre heures et demie, les fifres et les tambours ayant annoncé l'arrivée du détachement pris dans toutes les légions de la Garde Nationale de Paris, le Prince vint au-devant de ces bons Parisiens, et leur dit : *J'aime l'habit que vous portez; il est celui d'un grand nombre de bons Français. J'en ai fait faire un pareil dans la bonne ville de Nancy ; je n'en aurai point d'autre pour mon arrivée à Paris.*

Le soir, un concert de voix se fait entendre sous les fenêtres du château. C'étaient les mêmes officiers et soldats de la Garde Nationale, qui chantaient les airs chéris des Français : *Où peut-on être mieux qu'au sein de sa famille? Vive Henry IV! etc.* — Le prince ouvre sa fenêtre aux cris répétés de *vive le Roi! vive Monsieur!* et demande que tous ceux qui avaient entonné ces airs vraiment patriotiques montassent dans le salon.

S. A. R. a décidé que la Garde Nationale ferait *seule* le service aux Tuileries.

EXTRAIT

DE L'ORDRE DU JOUR DU 13 AVRIL 1814.

S. A. R. a été sensible au zèle que la Garde Nationale a montré dans la garde, l'escorte et la réception du Prince. Les rubans qu'il a distribués aux détachemens des légions, qui sont venus à sa rencontre jusqu'à Bondy, ne sont point une distinction exclusive; *la Garde Nationale toute entière a droit à la bienveillance du Prince.* S. A. R. désire voir tour-à-tour les douze légions, parcourir leurs rangs, *et leur exprimer elle-même les sentimens avec lesquels elle se retrouve au milieu des Français.* MM. colonels recevront des ordres pour que leurs légions passent successivement la revue du Prince aux Tuileries.

REVUES

DES DOUZE LÉGIONS DE LA GARDE NATIONALE DE PARIS.

(17 Avril).

Ce matin à une heure, MONSIEUR, lieutenant-général du royaume, à la tête d'un brillant état-major, est descendu dans les cours du château. Il a été aussitôt entouré de plusieurs officiers auxquels il *a annoncé qu'il allait être distribué aux gardes nationaux des rubans blancs.* S. A. R. a ensuite parcouru les rangs que formait la 1re. légion. S. A. R. *a eu la bonté de s'entretenir avec plusieurs gardes nationaux.*

(18 Avril).

S. A. R., MONSIEUR, a passé aujourd'hui la revue de la 2e. légion. S. A. R. a réuni autour d'elle les officiers, et leur a dit : *Messieurs, c'est avec plaisir que je me retrouve au milieu de vous. L'habit que vous me voyez, est le premier uniforme que j'aie porté depuis mon retour en France. Je suis très-satisfait de votre zèle, je vous prie de témoigner ma satisfaction à tous vos volontaires.* S. A. R. a prononcé ces paroles avec une affabilité qui a touché tous les officiers. Les cris de *Vive le Roi ! vive Monsieur ! vivent les Bourbons !* se sont fait entendre de toutes parts. MONSIEUR a remis ensuite à M. Odiot, chef du 1er bataillon, des rubans blancs pour la 2e. légion. Les compagnies ont ensuite défilé devant S. A. R.

(19 Avril).

MONSIEUR, lieutenant-général du royaume, a passé aujourd'hui en revue dans la cour des Tuileries *la*

3e. *légion* de la Garde Nationale parisienne. S. A. R. *a témoigné à plusieurs reprises sa satisfaction.*

(23 Avril).

Aujourd'hui, à une heure, S. A. R. MONSIEUR, a passé à pied la revue de *la* 4e. *légion* de la Garde Nationale parisienne. MM. les officiers ayant formé le cercle autour de S. A. R., elle a remis à M. le comte Jaubert, colonel, des rubans blancs pour tous les gardes nationaux qui composent la légion, et l'a chargé de leur exprimer en son nom *combien elle était satisfaite de leur zèle pour le service.* S. A. R. a ensuite parcouru les rangs au milieu des cris de *vive le Roi ! vivent les Bourbons !* Elle a adressé la parole à plusieurs gardes nationaux, et a témoigné son contentement de la belle tenue et de la force numérique de cette légion.

(24 Avril).

Aujourd'hui à une heure, les officiers de la Garde Nationale de Paris, à pied et à cheval, au nombre de douze cents, se sont réunis dans la grande galerie du Muséum. Le corps entier a été passé en revue par S. A. R. MONSIEUR, *qui a daigné s'entretenir de la manière la plus affable avec la plupart d'entr'eux.* S. A. R. est entrée dans les plus grands détails sur la composition de ce corps, et a paru *satisfaite* des réponses qui lui ont été adressées. Les cris mille fois répétés de *vive le Roi !* se sont fait entendre constamment sur le passage de MONSIEUR. Les officiers, dans cette circonstance, ont donné *une preuve nouvelle de l'excellent esprit qui anime la Garde Nationale de*

Paris. On assure que Monsieur, en voyant cette belle réunion, a dit : *De tous les tableaux que je vois ici, aucun ne me plaît autant que celui qui me présente ma famille rassemblée.*

(26 Avril).

S. A. R. Monsieur, lieutenant-général du royaume, a passé la revue de la 6e. légion de la Garde Nationale de Paris. S. A. R. *a daigné féliciter M. le marquis de Fraguier, colonel, sur le zèle et le bon esprit de sa légion.*

ORDONNANCE DU ROI.

(EXTRAIT).

(5 Août 1814).

Louis, par la grâce de dieu, roi de France et de Navarre, etc.,

Nos regards ont dû s'arrêter d'abord sur la Garde Nationale de Paris, à cause de l'importance des événemens auxquels elle a eu part, et de la difficulté des situations où elle s'est trouvée, soit avant le 30 mars, lorsqu'elle a partagé le service de la garnison ; soit dans la journée du 30, lorsqu'elle a défendu les parties de l'enceinte que l'armée ne pouvait couvrir ; soit dans la nuit du 30 au 31, lorsqu'elle a seule contenu aux barrières les troupes irrégulières de l'ennemi, et dans l'intérieur tous les ennemis de l'ordre et de la propriété ; soit enfin pendant le séjour des alliés, quand elle a fait avec eux et dirigé le service de Paris, réprimé le désordre à sa naissance, étouffé tous les germes de discorde, et contribué à la restauration de la monarchie, et à la conclusion de la paix. C'est elle qui, pendant le séjour de l'étranger, nous a tenu lieu de Maison Militaire, et nous a donné la consolation de n'être à notre entrée, et pour notre garde, environné que de Français. C'est elle encore qui, depuis le départ des alliés, jusqu'à l'arrivée de la garnison, a fait tout le service de Paris et de notre palais, avec un dévouement égal à notre confiance. Aujourd'hui que les circonstances lui permettent de ne conserver qu'un service moins pénible, nous voulons lui témoigner que nous gardons la mémoire des sacrifices qu'elle a fait dans des tems difficiles.

A ces causes,

De l'avis de notre bien-aimé frère, Monsieur, Comte d'Artois, colonel-général des Gardes Nationales du royaume.

Nous avons ordonné et ordonnons ce qui suit :

Art. Ier. — Tous les ans, le jour d'anniversaire de notre entrée à Paris, la Garde Nationale fera *seule* près de nous le service de notre Maison Militaire, sous les ordres immédiats de notre bien-aimé frère, Monsieur, son colonel-général.

Art. II. La décoration du Lys, *instituée par notre bien-aimé frère, en faveur de la Garde Nationale de Paris*, ayant cessé de lui être particulière, depuis que nous l'avons accordée comme signe d'union à tous ceux de nos sujets qui nous ont donné des preuves d'affection et de dévouement, nous déférons au vœu qui nous a été exprimé au nom de ladite Garde Nationale, d'obtenir une marque distinctive de ses services ; et nous lui octroyons d'ajouter au ruban blanc sur chacun des bords, un liseré bleu de roi, large de deux millimètres. . . . .

. . . .

Art. III. Nous accordons la décoration de la Légion d'Honneur aux officiers généraux, adjudans-commandans et chefs de légion qui ne l'auraient pas obtenue par d'autres services. . . . . . .
. . . .

Nous accordons en outre cinq décorations à l'Etat-Major général, et huit par légion. . . . . . .
. . . .

Signé LOUIS.

Et plus bas :

Par le Roi :

Signé, l'Abbé de Montesquiou.

ORDRE DU JOUR
DU MAJOR GÉNÉRAL.

(16 Août 1814).

S. A. R. Monsieur, comte d'Artois, colonel-général des Gardes Nationales du royaume, a chargé le général en chef de consigner, dans un ordre du jour, les témoignages de satisfaction qu'elle a donné à MM. les chefs de légion, après la revue du 14 au Champ de Mars.

S. A. R. qui savait que la Garde Nationale s'était rassemblée et formée pendant une pluie forte et continuelle, a été plus vivement frappée de la belle tenue que conservaient les douze bataillons, et du bel ordre dans lequel ils occupaient leur ligne de bataille. Le prince a vu, avec autant de plaisir que de surprise, l'ensemble avec lequel la Garde Nationale a exécuté le maniement des armes et les évolutions de ligne, et la précision avec laquelle toutes les divisions ont défilé, etc.

DISTRIBUTION DE DRAPEAUX

A LA GARDE NATIONALE DE PARIS.

(7 Septembre 1814).

La cérémonie de la bénédiction des drapeaux et étendards de la Garde Nationale parisienne, a été extrêmement brillante.

Après la bénédiction, toute la Garde Nationale, ayant à sa tête son *colonel-général*, a défilé devant le Roi, en faisant retentir l'air d'acclamations dictées par l'amour le plus vrai et l'enthousiasme le mieux senti.

Tous les chefs des légions, et la plus grande partie de la Garde Nationale, étant rassemblés au pied de l'estrade qui avait été élevée pour recevoir Sa Majesté, le Roi s'est levé, et avec cette expression admirable que S. M. met dans tous ses discours, elle leur a adressé ces paroles :

C'est une bien belle journée pour moi, Messieurs ; c'est un nouveau lien que je contracte avec ma brave Garde Nationale. Que ne doit-on pas attendre des Français, lorsqu'on voit de pareilles troupes que le zèle seul a formées? Vienne l'ennemi quand il voudra; mais il n'en viendra pas ; nous ne comptons plus que des amis.

A ces mots, des cris mille fois répétés de *vive le Roi, vive notre bon Roi, vive Monsieur, vivent les Bourbons!* se sont fait entendre, et n'ont cessé que lorsque l'on a vu Monsieur se tourner vers Sa Majesté, et témoigner qu'elle désirait lui parler.

Sire, a dit ce prince au Roi, *la Garde Nationale est profondément sensible au grand honneur que Votre Majesté a bien voulu lui faire en lui donnant elle-même ses drapeaux. Je puis vous assurer, Sire, qu'elle en est digne. Tous sont prêts à mourir pour la personne de Votre Majesté, et parmi tant de sujets fidèles, il n'en est pas de plus dévoué que leur Colonel-général.*

A l'instant tous les bras se sont levés ; *oui, oui, nous le jurons. Vive le Roi!* a été un cri unanine.

REVUE DU COLONEL-GÉNÉRAL.

(20 novembre 1814.)

Douze cents hommes de la Garde Nationale à pied et un détachement de la Garde Nationale à cheval, ont eu l'honneur d'être passés en revue sur la place Vendôme, par S. A. R. Monsieur. Après la revue, les détachemens ont défilé par ordre de légion, devant Monsieur, qui a plusieurs fois daigné marquer combien il était satisfait de la précision et de l'ensemble des mouvemens. Alors les officiers ont formé le cercle, et Monsieur étant placé au centre, leur a parlé en ces termes :

Messieurs, je suis bien aise de vous réunir, pour vous témoigner ma satisfaction du bon esprit et de la bonne tenue de la Garde Nationale de Paris. Je suis instruit de tout ce que l'on a fait en mon absence, et je n'ai que des complimens à vous faire. Veuillez les reporter à vos camarades. Je suis extrêmement content de ce que j'ai vu aujourd'hui. Je désire voir ainsi et successivement toute la Garde Nationale de Paris. Quant à votre zèle et à votre dévouement, Messieurs, ils sont connus, et nous n'avons pas besoin d'en parler.

Ce discours prononcé avec ce ton de franchise chevaleresque et de bonté qui caractérisent le frère de notre auguste monarque, ont redoublé l'enthousiasme de la garde, les cris de *vive le Roi ! vive notre Colonel-général !* ont éclaté de toutes parts.

DISTRIBUTION DES DÉCORATIONS

DE LA LÉGION-D'HONNEUR ACCORDÉES A LA GARDE NATIONALE DE PARIS.

(12 décembre 1814.)

S. A. R. Monsieur, comte d'Artois, colonel-général des Gardes Nationales du royaume, a distribué aujourd'hui les décorations accordées à la Garde Nationale de Paris, par l'article 3 de l'ordonnance royale du 5 août. Le petit nombre de croix accordées à chaque légion n'a pas permis de comprendre dans cette promotion tous ceux qui le méritaient. Ceux qui n'ont point obtenu la préférence, restent désignés pour les premières grâces que Sa Majesté daignera accorder à la Garde Nationale. Il était impossible, dans un corps si nombreux et *si bien composé*, de récompenser tous les services. C'est le corps entier, a dit S. A. R., que Sa Majesté a voulu honorer dans la personne de ceux que les suffrages de leurs chefs lui ont désignés.

SOLENNITÉ DU JOUR DE L'AN.

(30 décembre 1814.)

Aujourd'hui, à l'occasion de la solennité du jour de l'an, MM. les officiers de la Garde Nationale de Paris se sont réunis à onze heures dans la galerie de Diane, au château des Tuileries ; après s'être groupés par légion et par bataillon, ils ont été passés en revue par S. A. R. Monsieur, Colonel-général des Gardes Nationales. Monsieur *a adressé des paroles flatteuses à un grand nombre d'entre eux.*

REVUE DE LA GARDE NATIONALE.

(13 février 1815.)

Hier S. A. R. Monsieur a passé en revue douze cents hommes de la Garde Nationale à pied et un escadron de la Garde Nationale à cheval. Monsieur a passé dans tous les rangs et a gagné tous les cœurs par son air affable. On lisait sur son noble visage le plaisir qu'il éprouvait de se trouver au milieu de ces braves et bons Français, si dignes d'être commandés par des princes dont la sollicitude paternelle ne cessera de veiller au maintien des précieuses institutions qui assurent les droits de chaque citoyen et le bonheur de la famille entière.

ORDRE DU JOUR.

(19 février 1815.)

Dans un ordre du jour donné le 16 février, à la Garde Nationale, le général en chef lui transmet les témoignages de la satisfaction qu'a fait éprouver au Prince Colonel-général, la belle tenue des détachemens qui ont défilé devant S. A. R. à la parade du 12 février. *S. A. R. n'a pas été moins sensible aux marques d'affection de la Garde Nationale.*

Dans cet ordre du jour, *la 4me légion est mentionnée particulièrement* pour sa tenue, le bon état des armes et la composition régulière des pelotons.

(16 mars 1815.)

Le 15 mars, M. le général en chef Dessolles a fait publier l'ordre du jour suivant :

S. A. R. Monsieur comte d'Artois, Colonel-général des gardes nationales de France, désire voir demain 16 mars, la Garde Nationale parisienne, et connaître, *dans cette masse de citoyens qui se dévouent avec tant de constance et d'honneur au service d'ordre et de sûreté de la capitale*, s'il en est à qui leurs affaires et leurs convenances personnelles permettent de marcher avec leur Colonel-général, contre Napoléon, ennemi de la France et de l'Europe.

RENTRÉE DE S. A. R. MONSIEUR.

(8 juillet 1815.)

S. A. R. Monsieur, comte d'Artois, a fait son entrée à Paris, en habit de garde national.

REVUE DU 22 OCTOBRE.

(23 octobre 1815.)

Les quatre premières légions de la Garde Nationale, et les deux escadrons de la garde à cheval, étant dans la cour des Tuileries, ont été passés en revue par S. A. R. Monsieur, comte d'Artois ; les légions ont accueilli le prince Colonel-général, aux cris d'enthousiasme de *vive le Roi* ! S. A. R. a visité la ligne de bataille. En passant devant un bataillon : *Mes amis*, leur a dit le prince ; *le Roi connaît votre zèle, il sait combien votre service est pénible, mais son cœur vous en tient compte. S. A. R. a souvent témoigné son contentement de la tenue uniforme de la Garde Nationale.*

FÊTE DE S. A. R. MONSIEUR,

COMTE D'ARTOIS,

COLONEL-GÉNÉRAL DE LA GARDE NATIONALE.

(4 novembre 1815.)

Aujourd'hui, jour de Saint-Charles, M. le duc de Reggio s'est rendu à la tête de tous les officiers de la Garde Nationale de Paris, au château des Tuileries, pour présenter leurs devoirs au prince Colonel-général. La réunion de 1,500 officiers, placés en double haie dans la galerie de Diane, offrait un beau coup-d'œil.

A l'arrivée de S. A. R. Monsieur, l'air a retenti des cris de *vive le Roi !* Le prince Colonel-général s'est entretenu avec un grand nombre d'officiers : *Mes amis*, a-t-il dit à quelques-uns d'eux, *vous avez eu bien des fatigues, mais l'instant du repos et du bonheur arrivera.*

S. A. R. ayant terminé sa tournée, M. le maréchal duc de Reggio, s'est approché d'elle, et, au nom de la Garde Nationale de Paris, il a offert au prince les vœux que forme cette garde pour son bonheur et la conservation de ses jours. Ce discours a été terminé par les cris de *vive le prince Charles ! vive le Roi !*

S. A. R. a paru très-émue de cette démarche, que le seul respect n'avait pas dictée : *M. le maréchal*, a-t-elle répondu, *je vous prie d'être, auprès de toute la Garde Nationale, l'interprète de mes remercîmens pour les vœux que vous m'exprimez : rien ne pouvait me toucher plus profondément; et ces sentimens me sont d'autant plus précieux, que la Garde Nationale représente non-seulement la ville de Paris, mais la nation entière, et que je vois dans cette démarche la reconnaissance des Français pour les bienfaits que le Roi répand sur eux : voilà, mes amis, ce qui m'attache à vous à la vie et à la mort!*

ORDONNANCE DE S. A. R. MONSIEUR,

COLONEL-GÉNÉRAL DES GARDES NATIONALES DU ROYAUME.

(28 Mars 1816).

Une ordonnance de S. A. R. Monsieur, comte d'Artois, porte que le 12 avril de chaque année, jour anniversaire de l'entrée de S. A. R. à Paris, *douze gardes nationaux, pris dans les douze légions, feront seuls le service de sa Maison Militaire.*

ANNIVERSAIRE DE S. A. R. MONSIEUR.

COLONEL-GÉNÉRAL DES GARDES NATIONALES DU ROYAUME.

(13 Avril 1816).

Hier, à une heure, le corps des officiers de la Garde Nationale de Paris, a été présenté à S. A. R. Monsieur, par M. le maréchal duc de Reggio. Le prince, colonel-général, a été accueilli aux cris de *vive le Roi!* S. A. R., après avoir passé devant MM. les officiers de chaque légion, s'est arrêté au centre de la galerie du Muséum, et là, M. le maréchal duc de Reggio s'adressant au prince, lui a dit qu'il se félicitait, dans une occasion aussi importante, de représenter la Garde Nationale de Paris, dont la fidélité est à toute épreuve.

A ces mots, M. le Maréchal a fait un mouvement pour baiser la main du prince; mais S. A. R. l'a serré dans ses bras, avec une affection qui a vivement ému ce brave général. Le prince a répondu, *que le jour où il était entré dans Paris, à la tête de la Garde Nationale, est un jour d'autant plus mémorable, que c'est de ce moment que doit commencer le bonheur des Français, et qu'il a l'espoir que ce bonheur se réalisera : que le Roi et la famille royale y consacreront toute leur vie.* S. A. R. a ajouté : *qu'elle devait beaucoup à la Garde Nationale de Paris, qui avait sauvé non-seulement la capitale, mais la Nation, et qu'elle était fière de la gloire que cette garde s'était acquise.*

(15 Avril 1816).

Douze gardes nationaux à pied, choisis dans les douze légions, et quinze gardes nationaux à cheval, ainsi que deux officiers, ont formé la garde d'honneur, qui a fait le service auprès de S. A. R. Monsieur, dans la journée du 12. *Le prince leur a donné des marques touchantes de sa bonté en adressant à chacun d'eux en particulier, les choses les plus flatteuses, en leur distribuant lui-même la nouvelle décoration de la Garde Nationale, et en demandant la liste des personnes qui composaient cette garde d'honneur.*

MARIAGE DE S. A. R. Mgr. LE DUC DE BERRI.

(18 Juin 1816).

A la cérémonie du mariage de son auguste fils, Mgr. le duc de Berri, S. A. R. Monsieur *portait l'uniforme de Colonel-général des Gardes Nationales.*

FÊTE DE LA SAINT-CHARLES.

(5 Novembre 1816).

Hier, MM. les officiers des douze légions d'infanterie et ceux de la légion de cavalerie de la Garde Nationale de Paris, ont eu l'honneur de présenter leurs félicitations à S. A. R. MONSIEUR, Colonel-général, à l'occasion de la fête de la Saint-Charles, patron du prince. Les officiers, par ordre de légion, ont été admis auprès de S. A., *qui les a reçus avec sa bonté accoutumée. Le prince a adressé la parole à une foule d'officiers; il a paru satisfait des sentimens de dévouement qu'ils ont eu occasion de faire éclater dans leurs réponses.*

ANNIVERSAIRE DU 12 AVRIL.

(1817.)

Aujourd'hui à midi, MM. les officiers de la Garde Nationale à pied et à cheval de Paris, étaient réunis dans la galerie du Muséum. Ils ont eu l'honneur d'être présentés par ordre de légion à S. A. R. MONSIEUR, par M. le Maréchal duc de Reggio. Le Prince *a adressé à presque tous les officiers des paroles bienveillantes*; il a plus d'une fois répété: *qu'il se souviendrait éternellement de son entrée à Paris, et que ce jour était le plus beau de sa vie.*

A deux heures, S. A. R. MONSIEUR est monté à cheval, en *uniforme de la Garde Nationale.* Il a visité un corps-de-garde de chacune des douze légions.

ANNIVERSAIRE DE L'ENTRÉE DU ROI A PARIS.

(3 mai 1817.)

Aujourd'hui, à huit heures du matin, les détachemens des douze légions de la Garde Nationale, qui avaient eu l'honneur d'être désignés pour faire le service au château, se sont réunis dans le Louvre et, sous le commandement de M. le Maréchal duc de Reggio, ils se sont mis en marche pour relever les différens postes des Tuileries. Au moment où les détachemens entraient dans la cour, S. A. R. Monsieur est descendu seule sans garde, moins pour passer en revue la garde montante, dont la tenue était fort belle, que pour fournir à *ces fidèles soldats* l'occasion de faire éclater leur dévouement au Roi et à la Famille royale. Le Prince a *adressé à plusieurs gardes nationaux des paroles pleines de bonté.*

FÊTE DE S. A. R. MONSIEUR.

(4 novembre 1817.)

A trois heures, MM. les officiers de la Garde Nationale à pied et à cheval de Paris, se sont réunis dans la cour des Tuileries, pour présenter leurs respects et leurs félicitations à S. A. R. Monsieur, leur Colonel-général, à l'occasion de la Saint-Charles. Le prince étant rentré dans ses appartemens, au retour de la messe du Saint-Esprit, MM. les officiers ont eu l'honneur de défiler devant S. A. R., qui a saisi l'occasion de féliciter un grand nombre d'entre eux sur *le zèle et le bon esprit qui animent la Garde Nationale de Paris.*

REVUE DE S. A. R. MONSIEUR.

(5 Avril 1818).

Un temps superbe a favorisé la revue des 5e., 6e., 7e. et 8e. légions de la Garde Nationale de Paris. Le prince, avec son affabilité habituelle, a adressé la parole à un grand nombre de gardes nationaux. *Je vois toujours avec bien du plaisir la Garde Nationale,* a dit S. A. R.; *on ne peut mieux faire son service.* Des cris répétés de *vive le Roi! vive Monsieur!* se sont fait entendre, et Monsieur s'est éloigné en disant: *au revoir, mes amis.*

ANNIVERSAIRE

DE L'ENTRÉE DE S. A. R. MONSIEUR, A PARIS,

(12 Avril 1818).

Aujourd'hui, jour anniversaire de l'entrée de S. A. R. Monsieur, dans la capitale, MM. les officiers de la Garde Nationale de Paris se sont réunis dans la galerie du Muséum, pour présenter leurs respects au prince Colonel-général, et pour lui exprimer les sentimens qui les animent. A une heure, S. A. R. Monsieur, accompagné de M. le maréchal duc de Reggio, est entré dans la galerie. Le Prince s'est entretenu avec un grand nombre d'officiers de *cette garde formée de l'élite des citoyens.* MM. les officiers ont ensuite défilé devant le prince.

En commémoration du même événement, un détachement de la Garde Nationale, tant à pied qu'à cheval, a été appelé *seul*, par S. A. R., à faire pendant vingt-quatre heures le service intérieur auprès de sa personne.

ANNIVERSAIRE DU 3 MAI.

(1818).

Huit cents hommes avaient été désignés dans les douze légions de la Garde Nationale, pour faire aujourd'hui le service auprès du Roi et des princes, et pour occuper tous les postes du château. A neuf heures, ils sont entrés dans la cour des Tuileries, S. A. R. MONSIEUR a passé l'inspection de cette troupe, et a *témoigné à plusieurs reprises sa vive satisfaction.* S. A. R. portait l'uniforme de *Colonel-général de la Garde Nationale.*

A trois heures, S. A. R. MONSIEUR, accompagné d'un nombreux et brillant état-major, a bien voulu s'arrêter quelques instans vis-à-vis le poste qui se trouve à la place d'Henri IV. Le prince *a complimenté la Garde Nationale sur sa bonne tenue. C'est avec grand plaisir,* a-t-il dit, *mes amis, qu'on vous a conservé ce poste que vous avez sollicité.*

FÊTE DE LA SAINT-CHARLES.

(1818).

Aujourd'hui, jour de la Saint-Charles, les officiers de la Garde Nationale à pied et à cheval de Paris, se sont réunis pour offrir leurs respects et leurs félicitations à S. A. R., à l'occasion de sa fête. Le prince a reçu ce corps d'officiers avec la plus grande affabilité, et a dit : *qu'il ne perdrait jamais le souvenir des preuves d'attachement qui lui avaient été données par la Garde Nationale de Paris.*

INAUGURATION DE LA STATUE DE HENRI IV.

(Extrait de l'ordre du jour du 27 Août 1818).

A la revue générale du 25, toutes les légions de la Garde Nationale ont rivalisé d'empressement et de zèle, et se sont fait remarquer par la beauté de leur tenue.

Le Roi et *S. A. R. le prince, Colonel-général, en ont, à plusieurs reprises, témoigné leur satisfaction.*

. . . .

Le major-général,

Signé, le duc DE MORTEMART.

ANNIVERSAIRE DU 12 AVRIL

(1819).

A midi, l'état-major et les officiers des douze légions de la Garde Nationale parisienne, tant à pied qu'à cheval, présentés par M. le maréchal duc de Reggio, sont venus offrir à S. A. R. MONSIEUR, leurs félicitations, à l'occasion de la rentrée de S. A. R. dans la capitale, en 1814. Le prince les a reçus avec la bonté et l'affabilité qui le caractérisent ; il leur a répété *qu'il se retrouvait toujours avec le plus grand plaisir au milieu de la Garde Nationale, et que toute sa vie l'époque du 12 avril lui rappèlerait les plus heureux souvenirs.*

Dès huit heures et demi du matin, les postes intérieurs des appartemens de MONSIEUR avaient été cédés par MM. les gardes-du-corps, à un détachement de la Garde Nationale.

Ce détachement, composé de douze hommes à pied et douze à cheval, a été invité à trois heures de l'après-midi, à un banquet, dont M. le marquis Letourneur a fait les honneurs.

Le Prince lui-même est descendu dans la salle du festin; l'arrivée de S. A. a excité l'enthousiame des convives, qui a redoublé encore au moment où S. A. R., ayant pris un verre, a porté un toast au Roi, *et à la Garde Nationale*. Des couplets improvisés ont été chantés et répétés; enfin, rien n'a manqué pour célébrer dignement et *comme en famille*, l'anniversaire de ce jour mémorable.

FÊTE DE LA SAINT-CHARLES.

(4 novembre 1819.)

A midi, MM. les officiers de la Garde Nationale à pied et à cheval de Paris, se sont réunis dans la cour des Tuileries pour présenter leurs hommages respectueux à S. A. R. MONSIEUR, à l'occasion de la fête de Saint-Charles, son patron. Le Prince a reçu les officiers de la Garde Nationale avec l'affabilité qui le caractérise; *il leur a témoigné tout le plaisir qu'il éprouvait chaque fois qu'il se retrouvait au milieu d'eux.*

ANNIVERSAIRE DU 12 AVRIL.

(12 avril 1821.)

Aujourd'hui, l'état major général et MM. les officiers des légions à pied et à cheval de la Garde Nationale de Paris, présentés par M. le maréchal duc de Reggio, ont eu l'honneur d'offrir à S. A. R. Monsieur, leurs félicitations à l'occasion de l'anniversaire de l'heureuse rentrée du Prince dans Paris, le 12 avril 1814. LL. AA. RR Mgr. le Duc de Bordeaux et Mademoiselle assistaient à cette présentation. Le Prince, adressant la parole à M. le Maréchal, lui a répété, *que le plus beau jour de sa vie était le 12 avril (jour où il avait été reçu par la Garde Nationale de Paris); cet anniversaire*, a-t-il dit, *est pour moi une fête de famille. Aussi*, a ajouté S. A., en montrant ses enfans, *j'ai voulu que ma famille y prît part. N'est-ce pas d'ailleurs la Garde Nationale de Paris qui a reçu aussi la première le Duc de Bordeaux ? il était bien juste qu'il la reçut à son tour.*

ANNIVERSAIRE DU 12 AVRIL.

(1822).

Ce matin à onze heures, MM. les officiers de la Garde Nationale de Paris ont eu l'honneur d'offrir à S. A. R. Monsieur, leurs félicitations à l'occasion de l'anniversaire de l'entrée du prince à Paris, en 1814. *Ils ont reçu de S. A. R. l'accueil le plus flatteur.*

A onze heures, la Garde Nationale a pris le service des postes au pavillon Marsan.

ANNIVERSAIRE DU 12 AVRIL.

(1823).

S. A. R. Monsieur a reçu les félicitations de la Garde Nationale de Paris, à l'occasion de l'anniversaire de sa rentrée dans la capitale. Le Prince *a fait l'accueil le plus affable à MM. les officiers de la Garde Nationale parisienne.*

Ier. JANVIER 1824.

Lorsque MM. les officiers des treize légions de la Garde Nationale ont été admis à présenter à S. A. R. Monsieur leurs hommages, à l'occasion de la nouvelle année, le Prince, Colonel-général, a dit à M. le maréchal duc de Reggio : *J'ai éprouvé une bien vive satisfaction le jour de l'entrée de mon fils dans la capitale, quand j'ai vu la Garde Nationale sous les armes. La pluie, qui semblait d'abord vouloir contrarier cette journée, n'a pas un instant ralenti leur zèle ; j'en ai été flatté, et MM. les officiers s'empresseront, j'en suis sûr, de le faire savoir aux Gardes Nationaux de leur légion.*

ANNIVERSAIRE DE LA RENTRÉE
DU 12 AVRIL 1814.

(12 avril 1824).

Le corps d'officiers de la Garde Nationale de Paris, présenté par M. Acloque de Saint-André, a été admis à l'honneur d'offrir à S. A. R. Monsieur, ses respectueuses félicitations, à l'occasion de l'anniversaire de la rentrée de ce Prince dans Paris. S. A. R. *a accueilli ces félicitations avec une bienveillance toute particulière.* Elle a répondu, *qu'elle se rappelait toujours avec plaisir l'époque du 12 avril 1814 et l'accueil qu'elle avait reçu de la Garde Nationale de Paris* et de la population entière de la capitale.

ORDRE DU JOUR DU 18 SEPTEMBRE 1824.

Hier, l'état major-général et le corps de MM. les officiers de la Garde Nationale de Paris furent admis à Saint-Cloud, à présenter au Roi leurs premiers respects et à déposer à ses pieds leurs complimens de condoléance. Sa Majestée, *vivement émue des sentimens empreints sur tous les visages*, mais trop accablée par sa profonde affliction, pour pouvoir, autrement que par *des témoignages de la plus honorable bienveillance*, exprimer ce qu'elle éprouvait, voulut bien charger le Maréchal, commandant en chef, de faire savoir aux légions *combien elle était sensible à l'intérêt qu'elles prenaient à sa douleur*. Sa Majesté *daigna ajouter qu'elle espérait passer en revue la Garde Nationale la semaine prochaine*.

ORDRE DU JOUR DU 1er. OCTOBRE 1824.

La Garde Nationale ne s'était jamais montrée plus zélée, ni plus belle qu'à la revue d'hier; le Roi, *satisfait de la superbe tenue des bataillons et escadrons*, ainsi que de la précision avec laquelle ils exécutèrent les divers mouvemens, *daigna charger le Maréchal, commandant en chef, de leur exprimer son contentement.*

Sa Majesté, *touchée des marques de dévouement dont elle avait recueilli l'expression en parcourant les lignes*, voulut bien charger aussi le Maréchal commandant en chef, de *faire connaître à la Garde Nationale le plaisir qu'elle avait eu de se retrouver au milieu d'elle.*

1er. JANVIER 1825.

Aujourd'hui à midi, MM. les officiers de la Garde

Nationale de Paris, presentés par S. Exc. M. le maréchal duc de Reggio, ont eu l'honneur d'être introduits dans la salle du Trône auprès de Sa Majesté, et de lui offrir leurs félicitations respectueuses, à l'occasion du renouvellement de l'année. *Le Roi leur a fait l'accueil le plus gracieux. On a remarqué avec plaisir que Mgr. le duc de Bordeaux portait l'uniforme de la Garde Nationale à cheval.*

SACRE DE S. M. CHARLES X, A RHEIMS.

(14 mai).

L'état major-général de la Garde Nationale de Paris, *étant admis*, comme les légions, *à être représenté* par un officier supérieur *au sacre de Sa Majesté*, M. le marquis de Tanlay, colonel d'état-major, a reçu une lettre close pour se rendre à Rheims le 29 mai, *afin d'y assister à l'auguste cérémonie.*

MM. les Colonels des treize légions ont reçu de semblables lettres.

ANNIVERSAIRE DU 12 AVRIL

(1825).

A neuf heures du matin, les détachemens des douze légions de la Garde Nationale à pied, et l'escadron de la Garde Nationale à cheval, qui devaient relever les différens postes du château, sont entrés dans la cour du palais. La parade était commandée par M. le maréchal duc de Reggio.

Peu de momens après, le Roi, *Colonel-général*, accompagné de S. A. R. Mgr. le Dauphin, entouré des maréchaux duc de Reggio et de Raguse, et d'un nombreux état-major, a passé la revue de la garde montante. La présence de S. M. a comblé de joie ses sujets fidèles, et le respect n'a pu toujours contenir l'expression de l'enthousiasme.

Avec quel honheur les soldats citoyens n'ont-ils pas reconnu que *S. M. portait l'uniforme de Colonol-général de la Garde Nationale, sous lequel elle vint, il y onze ans, s'offrir à leurs yeux, et dont elle avait eu l'attention délicate de se revêtir, lorsqu'elle se rendit à l'Hôtel-de-Ville, à l'occasion du baptême du duc de Bordeaux.*

Le Roi a parcouru la ligne lentement et à pied; *il a adressé la parole à un grand nombre de gardes nationaux*, avec cette bonté, cette affabilité touchante qui sait si bien gagner tous les cœurs. *S. M. s'est plue à rappeler les détails de sa première entrée en 1814, et le plaisir qu'elle avait éprouvé en voyant les habitans de la capitale se presser autour d'elle.*

FETE DU ROI.

(4 Novembre 1825).

A une heure, MM. les officiers de la Garde Nationale à pied et à cheval de Paris, ont eu l'honneur d'être admis à présenter leurs félicitations à S. M. Les officiers ont été présentés par M. le maréchal duc de Reggio. *Le Roi leur a fait l'accueil le plus gracieux.*

ANNIVERSAIRE DU 12 AVRIL 1814.

(12 Avril 1826).

Aujourd'hui à 9 heures, les détachemens qui avaient obtenus l'honneur d'être désigné parmi les douze légions de la Garde Nationale à pied, et l'escadron de la Garde Nationale à cheval, qui devaient relever les différens postes du château, sont entrés à neuf heures dans la cour des Tuileries. Peu après, le Roi, accompagné de Mgr. le Dauphin, a passé la revue de la garde montante. On a remarqué que S. M. *portait encore l'uniforme de la Garde Nationale*, dont elle était revêtue, il y a douze ans, à son entrée à Paris. Le Roi a parcouru lentement la ligne à pied, *adressant à un grand nombre de gardes nationaux, de ces mots qui, suivant une heureuse expression, partent du cœur.*

ANNIVERSAIRE DU 12 AVRIL.

(16 Avril 1826).

La Garde Nationale vient encore d'être admise à l'honneur de faire *seule* le service auprès du Roi, à l'occasion de l'anniversaire du 12 avril, jour de la rentrée de S. M. dans la capitale.

A neuf heures, la troupe, au nombre de huit cents hommes, est entrée dans la cour des Tuileries. Le Roi est aussitôt descendu. Par une de ces attentions délicates auxquelles la bonté du monarque nous a accoutumés, S. M. *portait l'uniforme de colonel-général de la Garde Nationale.* M. le maréchal duc de Reggio a alors présenté la Garde Nationale au Roi, qui a passé dans le plus grand détail l'inspection de la garde montante, en adressant la parole à une quantité d'officiers, de sous-officiers et de gardes nationaux.

ORDRE DU JOUR DU 5 NOVEMBRE 1826.

Hier, à l'occasion de la saint Charles, les officiers de l'état-major général et des treize légions, présentés par le maréchal commandant en chef, eurent l'honneur d'offrir à Sa Majesté leurs félicitations et les vœux de la Garde Nationale. Sa Majesté daigna les accueillir avec sa bonté accoutumée, et *après avoir adressé à plusieurs officiers des paroles pleines d'affabilité, elle voulut bien charger le Maréchal de faire savoir aux légions, qu'elle voit toujours la Garde Nationale avec le même plaisir.*

ORDRE DU JOUR.

(1er janvier 1827.)

Les corps des officiers de l'état-major et des légions de la Garde Nationale, ayant à leur tête le Maréchal commandant en chef, eurent l'honneur hier de présenter au Roi leurs respectueux hommages, à l'occasion du renouvellement de l'année. Sa Majesté les a accueillis *avec sa bonté accoutumée*, et après avoir adressé aux différens chefs des témoignages de satisfaction et de bienveillance, elle daigna charger le Maréchal de dire à la Garde Nationale *qu'elle la voit toujours avec un nouveau plaisir, et de l'assurer de sa* CONSTANTE PROTECTION.

ORDRE DU JOUR.

(26 avril 1827.)

Le Roi ayant annoncé à la parade du 16 de ce mois, que pour donner une preuve de sa bienveillance et de sa satisfaction à la Garde Nationale de Paris, il avait l'intention de passer en revue les treize légions de cette garde, le Maréchal commandant en chef a pris de nouveau les ordres de Sa Majesté, et prescrit en conséquence les dispositions suivantes :

La Garde Nationale de Paris s'assemblera le 29 avril, à une heure, au Champ de Mars, etc.

Sa Majesté a exprimé à plusieurs reprises combien elle était heureuse de se retrouver dans un pareil jour au milieu de sa fidèle Garde Nationale. Elle *a été si satisfaite* du nombre des détachemens et de leur tenue, *qu'elle a déclaré* que dimanche 29 avril, *elle voulait passer la revue de la Garde Nationale de Paris.*

REVUE DU ROI AU CHAMP DE MARS (*b*).

(29 avril 1827.)

Les cris de *vive le Roi* retentissent encore à notre oreille : jamais pareille multitude réunie sur un même point n'avait été animée de transports plus vifs et plus unanimes.

A onze heures on a vu arriver successivement, musique en tête, enseignes déployées, toutes les légions de cette Garde Nationale, qui jamais peut-être n'avait présenté un ensemble plus complet, et une tenue plus remarquable; *de cette Garde Nationale, dont le nom rappelle tant de services rendus, et un dévouement si éprouvé,* et qui n'oubliera jamais que son uniforme est le premier qu'ait porté à son retour ce prince qui est aujourd'hui le Roi de France.

Le Roi est monté à cheval à une heure moins un quart pour aller au Champ-de-Mars. Sa Majesté avait à sa droite M. le Dauphin ; à sa gauche, M. le duc d'Orléans et M. le duc de Chartres.

Toutes les légions étaient à midi au Champ-de-Mars. C'était l'anniversaire du 12 avril que Paris allait célébrer. Toute sa population était répandue autour des légions. Le Roi a parcouru toutes les lignes, suivi d'un brillant état-major. Les princesses étaient dans une calèche découverte.

Partout s'est fait entendre le cri du 12 avril 1814 et du 27 septembre 1824. Le Roi *montrait toute sa confiance à l'élite des citoyens armés, tous ont répondu par un sentiment d'amour.*

Des transports unanimes ont accueilli la personne du Monarque : *c'était une fête de famille.* La paix affermie au-dehors, *ce spectacle de l'union entre tous les citoyens*, la santé du Monarque, qui lui donne la force de supporter sans fatigue nos transports d'amour et de joie; la prospérité de sa noble famille ; l'avenir, riche d'espérances, tout semblait concourir à cette solennité.

Après que le Roi a eu passé sur le front de toutes les lignes de la Garde Nationale, il s'est placé en avant de l'Ecole-Militaire, et les treize légions ont défilé devant lui. Les cris de *vive le Roi ! vive M. le Dauphin ! vivent les Bourbons!* n'ont pas cessé de se faire entendre, et quand la Garde Nationale à cheval a eu défilé devant le Roi, le Roi a quitté l'Ecole-Militaire, et est rentré par la grille qui donne sur les Invalides, précédé de *cette garde fidèle* qui marchait aussi devant lui le 12 avril et qui annonçait le lieutenant-général du royaume, le précurseur de Louis XVIII par ces cris de *vive le Roi!* qui seuls peuvent fermer à jamais l'abîme des révolutions.

Les quais, les ponts étaient couverts d'une multitude de spectateurs, et tous les degrés de la chambre des députés disposés en amphithéâtre et garnis de femmes de la parure la plus élégante, offraient le coup-d'œil le plus brillant.

Le Roi est rentré aux Tuileries à cinq heures moins un quart, et les cris de *vive le Roi!* l'ont accompagné jusques dans la demeure royale.

Ainsi s'est passée cette solennité qui *laissera de si profonds souvenirs*, et qui a déjoué tant de coupables espérances. Applaudissons-nous de voir ainsi tous les partis se réunir autour de la royauté qui aujourd'hui encore, comme toujours, aura été un gage de paix et d'union.

(Le Moniteur du 30 avril contient l'ordonnance suivante :)

ORDONNANCE DU ROI.

Charles, par la grâce de Dieu, Roi de France et de Navarre,

Sur le rapport de notre ministre secrétaire-d'état au département de l'intérieur,

Avons ordonné et ordonnons ce qui suit :

Art. 1er. La Garde Nationale de Paris est licenciée.

Art. 2. Notre ministre secrétaire-d'état au département de l'intérieur est chargé de l'exécution de la présente ordonnance.

Donné en notre château des Tuileries, le 29me jour du mois d'avril de l'an de grâce 1827, et de notre règne le troisième.

CHARLES.

Par le Roi,

Le Ministre secrétaire-d'état au département de l'intérieur,

Signé CORBIÈRE.

FIN.

Notes.

(*a*) Extraits du *Journal de Paris*, annécs 1814, 1815, 1816, 1817, 1818, 1819, 1820, 1821, 1822, 1823, 1824, 1825, 1826 et 1827.

(*b*) Extrait de *l'Étoile*, du 30 avril 1827.

www.ingramcontent.com/pod-product-compliance
Ingram Content Group UK Ltd.
Pitfield, Milton Keynes, MK11 3LW, UK
UKHW021040180726
13838UKWH00004B/1922